난 파티가 싫어!

SEOUL, 2008

파티를 좋아하는 마이클에게

난 파티가 싫어!

초판 제1쇄 발행일 2008년 4월 15일
초판 제43쇄 발행일 2022년 3월 20일
글 에밀리 스미스 그림 조지 버켓 옮김 김영선
발행인 박헌용, 윤호권 발행처 (주)시공사
주소 서울시 성동구 상원1길 22, 6-8층 (우편번호 04779)
대표전화 02-3486-6877 팩스(주문) 02-585-1247
홈페이지 www.sigongsa.com/www.sigongjunior.com

ISBN 978-89-527-8683-8 74840
ISBN 978-89-527-5579-7 (세트)

*시공사는 시공간을 넘는 무한한 콘텐츠 세상을 만듭니다.
*시공사는 더 나은 내일을 함께 만들 여러분의 소중한 의견을 기다립니다.
*잘못 만들어진 책은 구입하신 곳에서 바꾸어 드립니다.

KC마크는 이 제품이 공통안전기준에 적합하였음을 의미합니다.
제조국 : 대한민국 사용 연령 : 8세 이상
책장에 손이 베이지 않게, 모서리에 다치지 않게 주의하세요.

난 파티가 싫어!

에밀리 스미스 글 · 조지 버켓 그림 · 김영선 옮김

시공주니어

겁이 났다.

패트릭은 빙 둘러서 있는 아이들 한가운데에 서
있었다.

아이들은 손에 손을 잡은 채 무슨 노래를 불러
댔다.

정말 겁이 났다.

패트릭은 한가운데에 완전히 갇혔다. 한눈에 봐도 알 수 있었다. 아이들도 그것을 잘 알고 있었다.

아이들은 씩 미소를 짓기도 하고 까르르 웃기도 했다. 아이들은 신이 났다.

하지만 패트릭은 신이 나지 않았다. 하나도. 이상한 일이었다. 왜냐하면 패트릭은 파티에 왔으니까. 파티를 하면 당연히 신이 나야 하는 것 아닌가?

이제 패트릭은 나이를 더 먹었다. 몇 살은 더 먹었다. 그 파티에 갔을 때는 그야말로 꼬맹이였다. 하지만 패트릭은 아직도 그 기억을 떨쳐 버리지 못했다.

그래서 패트릭은 파티를 좋아하지 않았다. 아니, 파티를 끔찍이 싫어했다. 파티와 관련된 거라면 무엇이든 끔찍이도 싫어했다.

　소피가 운동장에서 아이들에게 봉투를 나누어 주기 시작했을 때, 패트릭은 알 수 있었다. 곧 난처한 일이 닥치리라는 걸.

　봉투는 분홍색이었다. 풍선이 그려져 있는 분홍색 봉투. 풍선 그림이 있는 분홍색 봉투가 뜻하는 것은 딱 하나라는 것을 패트릭은 잘 알고 있었다.

'으아악!'

패트릭의 친구인 루크가 말했다.

"봉투가 엄청 많네."

패트릭은 말없이 고개를 끄덕였다.

"반 아이들을 모두 초대할 셈인가 봐."

루크가 다시 말하자, 옆에 서 있던 탐신 리즈가 말했다.

"그러면 좋겠다. 반 아이들을 모두 초대할 생각이 아니라면, 학교에서 초대장을 돌리는 건 사려 깊은 행동이 아니지."

"우표 값은 아낄 수 있잖아."

루크의 말에 탐신은 콧방귀를 뀌었다.

"우표 값? 난 사려 깊은 행동에 대해 얘기하고 있는데, 겨우 우표 값 얘기야!"

루크는 어깨를 으쓱해 보였다.

탐신이 소리쳤다.

"저거 봐! 소피가 해나한테도 봉투를 주고 있어. 난 해나랑 얘기해 본 지 진짜 오래됐는데!"

탐신은 해나 쪽으로 뛰어갔다.

패트릭이 불쑥 말했다.

"우리 집에 볼베어링이 있어."

"볼베어링이 뭐야?"

루크가 묻자, 패트릭이 볼베어링에 대해 설명하기 시작했다.

"음, 볼베어링은 은색 구슬인데……."

그때 갑자기 소피가 패트릭과 루크 쪽으로 뛰어 왔다. 한 손에 뭔가를 쥐고 있었  다. 분홍색 봉투였다.

소피가 큰 소리로 불렀다.

"루크!"

루크가 손을 내밀자 소피는 봉투를 건넸다. 패트릭은 루크가 봉투를 받는 것을 멀뚱히 바라보며 생각했다.

'그래, 루크도 받았어. 하지만 그렇다고 내가 꼭 초대된다는 뜻은 아니잖아? 소피는 정말로 반 아이들을 모두 초대할 작정일까? 서른두 명 모두?'

하지만 소피는 계속 패트릭과 루크 앞에 서 있었다. 두툼한 봉투 뭉치를 뒤적거리면서.

"찰리…… 케빈…… 페트릭!"

소피는 분홍색 봉투를 패트릭에게 쑥 내밀었다.

패트릭은 봉투 위에 적힌 이름을 읽었다.

"페트릭."

패트릭이 밝은 목소리로 말했다.

"내가 아닌데!"

소피는 얼굴을 찌푸리며 봉투를 다시 보았다.

"너 맞아!"

"아니야! 내 이름의 '패'는 '어이(ㅔ)'가 아니라 '아이(ㅐ)'야!"

"그래도 너 맞아!"

"내 이름은 이렇게 안 쓴다니까!"

"내 머릿속에서는 네가 맞아!"

소피는 박박 우기고는 패트릭 손에 봉투를 쑤셔 넣고 냉큼 가 버렸다.

루크는 어느새 봉투를 뜯어 안에 든 분홍색 카드를 요모조모 살펴보고 있었다.

"내 생일이야…… 내 생일이야……."

루크는 고개를 갸웃했다.

"내 생일이야."

루크는 카드를 천천히 뒤로 돌려 보았다.

"와서…… 다 함께…… 재미있게…… 놀자."

패트릭은 봉투를 바지 주머니에 아무렇게나 쿡 쑤셔 넣었다. 패트릭은 아직도 어떻게 하면 볼베어 링을 잘 설명할 수 있을까 고민하고 있었다.

그때 탐신이 소피한테 받은 초대장을 흔들면서

폴짝폴짝 뛰어왔다.

"소피가 반 아이들을 모두 초대했어! 소피네 집에서 생일 파티를 한대! 마술사도 부른다더라!"

패트릭이 루크에게 고개를 돌리고 말했다.

"그건 쇠로 만든 구슬이야. 어디에 쓰는 거냐 하면……."

"너 지금 무슨 얘기 하고 있는데?"

탐신이 묻자, 패트릭이 대답했다.

"볼베어링."

"볼베어링? 지금 그런 게 문제야? 소피네 집에서 파티를 한다는데 관심 없어?"

"없어."

"왜?"

침묵이 흘렀다.

이윽고 루크가 입을 열었다.

"패트릭은 파티 안 좋아해."

탐신은 입을 쩍 벌리고는 패트릭이 마치 다른 별에서 온 아이라도 되는 양 말똥말똥 바라보았다.

"파티를 안 좋아해?"

"응."

"파티를 안 좋아하는 사람이 세상에 어디 있어?"

"여기."

"하지만…… 뭐가 안 좋은데?"

패트릭은 어깨를 으쓱하고는 말했다.

"전부 다."

패트릭은 뭔가 다른 말을 덧붙여야 할 것 같은 기분이 들었다.

"온통 야단법석 떠는 것! 난 그게 싫어."

"아, 난 야단법석 떠는 거 진짜 좋아하는데!"

탐신의 두 눈이 초롱초롱 빛났다.

"야단법석 떨지 않으려면 파티를 뭐 하러 해? 옷이며 음식이며…… 이것저것 다! 파티는……."

탐신은 어깨를 들썩들썩하며 적당한 말을 찾아
내려고 애썼다.

"특별해! 파티가 없으면 무슨 재미야? 모든 게
만날 똑같잖아."

패트릭은 아무 말도 하지 않았다. 뭐라고 대꾸할
말이 없었다.

탐신이 초대장을 봉투에 도로 넣으며 물었다.

"그럼 넌 파티에 안 갈 거야?"

"음…… 어쩌면 갈지도 몰라."

패트릭의 대답을 듣고 탐신은 눈썹을 치켜세우며 물었다.

"갈지도 모른다고?"

그러자 루크가 나서서 설명해 주었다.

"패트릭네 엄마는 늘 패트릭한테 파티에 가라고 하시거든."

"이야, 이러지도 못하고 저러지도 못하겠네!"

탐신의 말에 패트릭도 힘없이 맞장구를 쳤다.

"그래, 좀 난처해."

탐신이 얼굴을 찡그리며 물었다.

"그런데 너희 엄마는 왜 너한테 파티에 가라고 하시는 거야?"

패트릭이 잠깐 생각해 보고는 대답했다.

"몰라. 모르겠어. 그냥 그러시더라."

탐신은 패트릭을 다정한 눈빛으로 바라보았다. 뭔가 그럴싸한 말을 생각해 내려고 애쓰는 표정이었다.

마침내 탐신은 그럴싸한 말을 생각해 냈다. 적어도 탐신 생각에는 그랬다. 하지만 사실은 그럴싸한 말이 아니었다. 멍청한 말이었다.

"소피의 생일 파티에 가게 되면 신 나게 놀길 바란다!"

★ 2 ★

　패트릭은 텔레비전을 보고 있었다. 패트릭이 아
주 좋아하는 프로그램은 아니었다. 남자 아이돌(청
소년들에게 인기가 많은 가수 : 옮긴이) 그룹과 인
터뷰하는 장면만 너무 많이 나왔기 때문이다. 물건

만드는 법은 조금밖에 안 나왔다.

패트릭은 물건 만들기를 좋아했다. 한번은 어떤 텔레비전 프로그램을 보면서 그대로 따라 해서 모형 전투기를 만든 적도 있었다.

앗! 드디어 금발 머리 사회자 데비가 나왔다. 패트릭이 기다리던 코너였다.

데비가 생글 웃으며 말했다.

"여러분이 멋지게 만들 수 있는 것을 가지고 나왔어요!"

'흠, 정말로?'

카메라가 뭔가를 점점 크게 잡았는데…… 작은 탑과 비탈진 홈과 기둥 들이 있는 이상하게 생긴 건물 모양의 물건이었다.

데비가 구슬을 하나 들고는 다시 생글 웃었다.

"이 구슬이 혹시 힌트가 될까요?"

패트릭은 힌트를 얻었다. 퍼뜩 머리에 떠오른 것

은 바로 구슬 굴리기 탑이었다!

패트릭은 구슬 굴리기 탑을 한 번도 만들어 본 적이 없었다. 아니, 그것을 만들 생각조차 해 본 적이 없었다.

"패트릭, 네 바지 주머니 속에 이런 게 들어 있더라!"

데비는 이제 커다란 과자 상자 같은 것을 몇 개 손에 들고 있었다.

"이것들만 있으면 구슬 굴리기 탑을 만들 수 있어요."

"패트릭, 하마터면 그냥 빨래 통에 넣을 뻔했잖아!"

사회자 데비는 벌써 구슬 굴리기 탑을 만들고 있었다.

"커다란 과자 상자가 바닥이 되는 거예요. 이렇게 말이에요. 그리고 이 상자 위와 옆에 기다란 상

자와 관 모양으로 생긴 것들을 붙여요. 그 전에 먼저 가위를 들고……."

"패트릭, 소피 그랜트한테서 멋진 초대장을 받았구나!"

패트릭이 고개를 돌려 보니, 엄마가 분홍색 카드를 손에 쥐고 문 앞에 서 있었다. 엄마의 두 눈이 초롱초롱 빛났다.

"너를 파티에 초대하다니 참 착하기도 하지."

"우리 반 애들 모두 초대받았어요."

"이야, 진짜 재미있겠다! 참 좋은 사람들이야. 정말 착한 가족이지. 소피네 식구들 말이야. 지난 여름에 엄마가 밤늦게까지 일한 적 있었잖아. 그때 네가 그 집에 갔던 것 생각나지?"

"네, 생각나요."

"그때 나는 네가 없어진 줄 알고 깜짝 놀라서 그랜트 부인한테 전화를 했어. 그때 부인이 얼마나 친절하게 대해 주던지!"

엄마는 기억을 더듬으며 행복한 표정을 지었다.

"또 그 집 식구들은 정말 재미있어. 소피네 아빠가 작가인 거, 너도 알지? 역사에 대해 글을 쓴다던가? 아니, 정치였던가? 그건 잘 모르겠지만, 어쨌든 작가야!"

패트릭은 다시 텔레비전으로 눈길을 돌렸다. 데
비는 이제 구슬 굴리기 탑에 색을 칠하고 있었다.
빨간색이었다. 패트릭은 만약에 구슬 굴리기 탑을
만들면 파란색이나 흰색으로 칠해야겠다고 생각했
다. 하지만 혹시 볼베어링을 쓴다면 파란색과 은색
으로 칠해도 좋을 것 같았다.

엄마가 계속 말했다.

"무슨 선물을 가져갈지 생각해 봤니? 여자 애들
이 뭘 좋아하냐면……."

"엄마."

"왜?"

"나, 가기 싫어."

엄마가 목소리를 높여
말했다.

"아, 또 말도 안 되는
소리 한다. 당연히 가야지!"

"가기 싫어요."

"패트릭, 잘 들어 봐."

엄마는 소파에 앉아 있는 패트릭에게 다가와 옆에 바싹 앉았다.

"파티에 가서 친구들이랑 어울리는 건 중요해."

패트릭은 아무 말도 하지 않았다.

"초대를 받는 건 아주 좋은 일이야."

패트릭은 아무 말도 하지 않았다.

"엄마가 네 나이였을 때는 이런 파티를 아주 아주 좋아했어."

패트릭은 아무 말도 하지 않았다.

엄마는 패트릭과 눈길을 마주치려고 했지만, 패트릭은 엄마의 눈길을 피했다.

엄마가 분홍색 카드를 휙 내던지며 말했다.

"패트릭, 어떤 일이 재미없을 것 같다고 해서 무조건 안 하면 안 돼!"

왜 그럴까? 패트릭 생각에는 그렇게 하는 게 합리적인 행동 같았다.

"넌 아무래도 파티를 즐기는 법을 배워야 할 것 같구나."

엄마는 소파에서 일어나며 계속 말했다.

"아무튼 넌 가게 될 거야!"

엄마는 분홍색 카드를 벽난로 선반 위에 올려놓

으며 말했다.

"두고 봐, 넌 가게 될 거야!"

엄마가 거실 밖으로 나갔다.

패트릭은 다시 텔레비전으로 고개를 돌렸다.

데비 코에 빨간색 페인트가 살짝 묻어 있었다.

∗ 3 ∗

루크가 전화기에 대고 고함치
듯 말했다.

"여보세요?"

"지금 통화 괜찮니?"

패트릭이 묻자, 루크가 대답했다.

"응. 난 '도깨비 왕'이 마르기를 기다리
는 중이야."

"아, 그렇구나. 다른 게 아니라, 너, 치약
상자 좀 모을 수 있어?"

"치약 상자? 치약 상자가 뭐
야?"

"치약 상자가 치약 상자지.
치약 들어 있던 상자 말이
야. 초콜릿 볼 상자를 모아

도 돼. 하지만 초콜릿 볼 상자는 썩 좋을 것 같지는
않아."

"패트릭."

"왜?"

"난 치약 상자에는 관심 없어. 난 판타지 전쟁놀
이 모형들을 모아. 너도 알잖아. 이제 '도깨비 부
대'는 거의 다 모았어. 지금은 '불사신 부대'를 한

창 모으고 있지."

패트릭은 한숨을 쉬었다. 루크가 판타지 전쟁놀이 모형들을 모으고 있다는 건 패트릭도 잘 알고 있었다. 그래서 자기도 그런 모형들에 관심을 가지려고 애써 보았지만 헛수고였다.

"잘 들어, 루크. 난 치약 상자 모으기를 말하는 게 아니야. 그냥…… 치약 상자를 모으고 있어."

패트릭이 생각하기에도 참 뜻밖이다 싶게 루크는 패트릭의 말을 잘 알아들었다.

"그렇구나. 치약 상자로 뭘 하려고?"

"구슬 굴리기 탑을 만들 거야."

"패트릭."

"응?"

"구슬 굴리기 탑은 사면 되잖아."

"그런 거랑 달라. 이건 못 사. 구슬 굴리기 탑을 엄청나게 크게 만들 거야. 난 그걸 '구슬 굴리기 도시'라고 부를 거야. 그래서 치약 상자를 닥치는 대로 많이 모아야 해. 아니면 초콜릿 볼 상자라도. 하지만 초콜릿 볼 상자는 썩 좋을 것 같지는 않아."

"알았어."

"모아 줄 거야?"

"그래. 화장실 한번 덮치지, 뭐. 그리고 누나들 방도. 그다음 내 손에 들어오는 초콜릿 볼을 죄다 먹어 치우겠어. 그러고는 양치질을 해야지."

"좋아!"

"도깨비 왕이 마를 때까지 기다릴 것도 없이 지금 당장⋯⋯."

엄마가 패트릭 방에 들어서며 말했다.

"패트릭, 이것 봐. 너 주려고 엄마가 뭐 사 왔어."

"고마워요, 엄마."

"그래."

엄마는 비닐봉지를 열었다.

"파티에 가려면 새 옷이 필요할 것 같아서."

"뭐라고요?"

"새 옷. 파티에 입고 갈 옷 말이야. 멋진 옷들이 죄다 작아졌잖아."

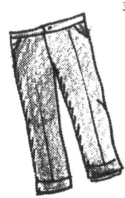

패트릭은 엄마를 째려보며 말했다.

"난 멋진 옷 같은 거 필요 없어요."

"소피의 생일 파티에 갈 건데도?"

엄마는 패트릭을 빤히 바라보며 한마디 덧붙였다.

"엄마 생각엔 네가 갈 것 같아서 말이야."

엄마는 짙은 남색 바지와 칼라에 단추가 있는 엷은 노란색 셔츠를 꺼냈다.

"이거 입으면 진짜 멋쟁이처럼 보일 거야."

'멋쟁이? 멋쟁이? 엄마는 멋쟁이가 무슨 뜻인지 모르나 봐!'

패트릭은 옷을 뚫어져라 바라보았다.

'아, 좋아. 다음 주 토요일까지는 아직 시간이 꽤 남아 있으니까. 어쩌면 그 전에 운석이 지구와 충돌해서 생명체를 싹 쓸어 버릴지도 모르잖아. 그러면 소피의 생일 파티에 가지 않아도 돼.'

⋆ 4 ⋆

패트릭을 에워싼 얼굴들이 빙글빙글 돌았다. 모
두들 히죽히죽 웃고 있었다. 노래를 부르면서⋯⋯.

마침내 토요일이 되었다.
패트릭은 뭔가 끔찍한 일이 벌어질 것 같은 예감

을 느끼며 잠에서 깼다. 그리고 뭔가 끔찍한 일이 벌어질 것이라는 사실을 깨달았다.

소피의 생일 파티!

패트릭은 배가 꿀렁거렸다. '파티 증세'였다. 패트릭은 이불 속에 머리를 푹 처박았다.

'아, 내가 왜 진작 초대장을 쓰레기통에 내던지지 않았을까! 아니면 수천 개의 분홍색 조각으로 가리가리 찢어 버릴 수도 있었는데! 아니면 작은 불만 피워도 싹 없애 버릴 수 있었을 텐데. 내가 왜 초대장을 바지 주머니 속에 그냥 놔두었을까?'

이제 어쩔 도리가 없었다. 패트릭은 파티에 가야만 했다. 하지만 만약…… 하지만 만약…….

패트릭은 얼굴을 찡그리며 이불 밖으로 얼굴을 슬쩍 내밀었다. 이 방법이 통한 적은 한 번도 없었다. 하지만 어쩌면, 잘하면, 이번에는 통할지도 모를 일이었다.

패트릭은 나지막이 엄마를 불러 보았다.

"엄마!"

아무 대답도 없었다.

"엄마!"

패트릭이 목소리를 조금 높여 소리쳤다.

"엄마!"

엄마가 빠끔 열린 문으로 얼굴을 쑥 내밀었다.

"왜?"

패트릭은 엄마를 보고는 있는 대로 얼굴을 찌푸렸다.

"저 아픈 것 같아요!"

"어디가?"

"온몸이 다요."

엄마는 손으로 패트릭의 이마를 짚어 보고는 체온계를 가져왔다.

엄마가 패트릭 입에서 체온계를 꺼내며 밝은 목소리로 말했다.

"정상! 넌 괜찮아!"

하지만 패트릭은 하나도 괜찮지 않았다. '파티 증세'가 나타났으니까.

신기하게도 패트릭은 오전 내내 파티에 대해 잊고 지내다시피 했다. '구슬 굴리기 도시'를 어떻게 만들지 생각하느라 정신이 팔려 있었기 때문이다.

이제 필요한 재료도 꽤 많이 모인 상태였다. 솜씨 좋은 요리사인 던컨 삼촌이 상자를 잔뜩 갖다 준 덕분이었다. 삼촌은 패트릭이 태어나서 처음 보는 멸치조림 같은 음식들이 들어 있던 상자들을 주었다. 그러면서 은박을 입힌 상자를 써 보라는 기막힌 아이디어까지 일러 주었다(데비는 왜 그 생각을 못했을까?).

엄마는 패트릭이 평소보다 훨씬 더 방을 어질러 놓았다며 툴툴댔다. 하지만 심하게 화를 내지는 않았다.

'높이가 중요해.'

패트릭은 상자들에 둘러싸인 채 방바닥에 무릎

을 꿇고 앉아 생각했다.

'구슬 굴리기 도시는 데비의 구슬 굴리기 탑보다 더 높게 만들 거야. 구슬 굴리기 도시는 데비의 구슬 굴리기 탑보다 구슬이 더 빨리 굴러갈 거야. 구슬 굴리기 도시는 데비의 구슬 굴리기 탑보다 훨씬 더 손에 땀을 쥐게 할 거야.

그래, 구슬 굴리기 도시는 높이 치솟을 거야.

크고 두꺼운 상자를 맨 밑에 두고, 그 위에 커다란 과자 상자들을 올리고, 그다음 작은 과자 상자를 쌓고, 그다음……'

그때 느닷없이 엄마가 큰 소리로 말했다.

"이제 준비해야지!"

그 바람에 패트릭의 손이 옆으로 빗나갔다. 상자들이 바닥으로 폭포처럼 우르르 쏟아졌다.

패트릭은 느릿느릿 일어났다.

　몇 분 뒤 패트릭은 거울 속의 자신을 멀뚱히 바라보고 있었다.

　'도대체 셔츠 칼라에 뭐 하러 단추를 달아 놓은 거야?'

　엄마가 방 안으로 들어서며 말했다.

　"로나가 방금 전화했어."

　'셔츠 칼라에 있는 단추를 풀 일이 있기나 하냐고.'

"오전 내내 너한테 전화한 것 같더라."

'칼라에 있는 단추들을 엇갈려 잠그면 목이 졸릴까?'

"루크가 파티에 안 갈 거래."

갑자기 엄마 말이 패트릭 귀에 쏙 들어왔다.

"뭐라고요?"

엄마가 한숨을 쉬며 말했다.

"루크 엄마랑 소피네 집에 같이 가려고 했는데."

"루크가 파티에 안 간다고요?"

"응."

"왜요?"

"아프대."

"루크는 아플 수도 없고, 아파서도 안 되고, 아프지도 않아요!"

엄마가 패트릭을 빤히 바라보며 말했다.

"체온이 38도래. 몸이 덜덜 떨리고. 루크는 아픈 게 맞아."

엄마가 패트릭을 차에 태우고 가면서 말했다.

"패트릭, 네 생일이 얼마 안 남았어."

"음……."

패트릭은 저 멀리 있는 기중기를 구경하고 있었다. 허공을 가르며 이리저리 움직이는 기중기.

"그러니까 파티에 대해 생각해 봐야 할 것 같아."

"난 파티 같은 거 생각하기 싫어요."

기중기는 천천히 매끄럽게 짐을 옆으로 옮겼다. 패트릭은 머릿속으로 저 높은 곳 조종실 안에 있는 기중기 운전기사를 그려 보았다. 혼자서 모든 것을 마음대로 조종하는 운전기사.

"엄마가 뭐 다른 사람 파티 말하는 줄 아니? 네 생일 파티를 말하는 거야."

"제 생일 파티요?"

패트릭은 화들짝 놀라 엄마의 뒤통수를 빤히 쳐다보았다.

"그래, 네 생일 파티! 마침 운 좋게도 올해는 네 생일이 토요일이더라. 그런데 우리 집은 좀 좁잖

아. 그래서 엄마 생각에는 교회에서……."

"하지만 난 파티 같은 거 싫어요!"

엄마는 하하 웃었다.

"아, 패트릭!"

"엄마, 난 다른 애들 파티에 가는 것만으로도 피곤한데……."

"쉿! 엄마 헷갈리게 하지 마. 길 찾아야 하니까. 틀림없이 이 가게 앞을 지나갔던 것 같은데."

"엄마!"

"저 모퉁이다!"

엄마는 브레이크를 천천히 밟고는 차를 오른쪽으로 휙 꺾었다. 그러자 좁은 길이 나왔다. 곧이어 엄마는 차를 왼쪽으로 휙 꺾었다.

"가만, 여기 어디 중간쯤에 분명히……."

"엄마, 제발요! 난 파티 싫어요!"

"나중에 얘기하자."

엄마는 나무들이 늘어선 길을 따라 차를 몰았다. 엄마가 집 주소를 보느라 자꾸자꾸 멈춰 서는 바람에 차가 심하게 꿀렁거렸다.

소피네 집 대문에는 은색 풍선 하나가 걸려 있었
다. 패트릭은 공중에서 깐닥깐닥 춤을 추고 있는
풍선을 가만히 바라보았다. 풍선을 보니 정말로 파
티에 간다는 생각이 들었다.

제날짜, 제 집, 제시간, 이제 곧 파티가 열린다. 그리고 우리의 패트릭은 파티에 간다.

패트릭의 배에서 '파티 증세'가 더 심해졌다.

패트릭이 은색 풍선에 주먹을 한 방 먹이려고 하는 순간, 누군가 뒤에서 소리를 질렀다. 뒤를 돌아보니 웬 낯선 아이 하나가 자기 쪽으로 뛰어오고 있었다.

분홍색이었다.

분홍색이었고, 나풀나풀했다.

분홍색에, 나풀나풀한 아이를 패트릭은 처음 보는 아이라고 생각했다.

그런데 그 아이가 더 가까이 다가오자, 패트릭은 전에도 본 적이 있는 아이라는 것을 깨달았다. 바로 탐신이었다.

"안녕, 패트릭!"

탐신은 미끄러지듯이 와서 패트릭 앞에 우뚝 멈

춰 서더니 환하게 웃었다.

"이 옷 어때? 결혼식 때 신부 들러리들이 입는 옷이야! 조금 튀는 것 같니?"

탐신은 분홍색 비누 거품 같은 드레스를 휘날리며 한 바퀴 빙그르르 돌았다. 그러고는 패트릭의 표정을 살폈다.

"너 괜찮니?"

패트릭은 아무 말도 하지 않았다.

"너 안 괜찮구나."

탐신은 주위를 두리번거리더니 물었다.

"루크는 어디 있어?"

패트릭은 한숨을 내쉬었다.

"루크는 아파."

"이 배신자."

패트릭이 말했다.

"맞아, 배신자."

탐신은 패트릭을 향해 생긋 웃으며 말했다.

"그럼 좋아!"

"그럼 좋다니? 뭐가 좋아?"

탐신은 현관문을 향해 까딱 고갯짓을 했다.

"넌 나랑 같이 들어가자!"

패트릭과 탐신은 대문 안으로 들어간 다음 정원에 난 좁다란 길을 걸었다.

엄마들이 뒤에서 따라오고 있었다.

"탐신은 옷을 쫙 빼입는 것을 좋아해요."

패트릭의 귀에 탐신네 엄마의 말이 들렸다.

패트릭네 엄마가 말했다.

"그래요?"

"파티에 온다고 몇 시간이나 준비했다니까요."

"그랬어요?"

"재는 한마디로 타고난 '파티 소녀'예요."

"그래요?"

패트릭은 얼핏 엄마의 가벼운 한숨 소리를 들은
듯했다.

네 사람이 막 현관문 앞에 다다르자 현관문이 확
열렸다. 소피가 얼굴에 함박웃음을 지으며 현관 입
구에 서 있었다.

소피가 소리쳤다.

"탐신! 패트릭! 아, 케빈하고 찰리도 왔구나!"

패트릭은 뒤를 돌아보았다. 아니나 다를까, 케빈과 찰리가 몇 발짝 뒤에서 오고 있었다. 그리고 패트릭이 처음 보는 키가 큰 여자 아이가 막 대문을 들어서고 있었다.

모두들 우르르 집 안으로 들어갔다. 탐신이 자기 엄마 손에서 커다란 무지개 색 선물을 낚아채서는 소피의 두 팔에 안겨 주었다.

"네 마음에 들면 좋겠어! 하지만 만약 마음에 안 들면, 그냥 나한테 도로 줘도 돼!"

"탐신!"

탐신네 엄마가 탐신에게 눈총을 주었다.

무지개 색 선물에 이어 케빈과 찰리가 작은 선물 두 개를 건넸고, 키 큰 여자 아이는 축하 카드를 주었다.

"선물이구나!"

소피네 엄마가 앞으로 나오면서 들뜬 목소리로
말했다.

"어머, 예쁘다! 하지만 지금 선물을 풀지는 마,
소피. 뒤죽박죽돼서 나중에 누가 뭘 선물했는지 헷
갈릴 테니까. 선물들은…… 선물들은 아빠 서재에
갖다 두렴."

"네, 엄마!"

소피는 복도에 있는 문을 쓱 열더니 안으로 쏙 들어갔다.

몇 초 뒤 소피는 빈손으로 밖으로 나왔다. 그런데 혼자가 아니었다.

★ 6 ★

소피는 종종걸음으로 아빠의 서재에서 나왔다. 그런데 소피 뒤로 누군가 따라 나왔다. 소피네 아빠가 틀림없었다. 아니면 그랜트 씨라고 해야 하나? 아무튼 깜짝 놀란 표정이었다.

소피네 아빠는 넋이 나간 표정으로 거실에 모여 있는 사람들을 우두커니 바라보았다.

"이게 대체……."

소피네 아빠는 손으로 이마를 짚으며 이렇게 말했다.

"파티잖아!"

소피가 큰 소리로 말했다.

"네, 아빠! 내 생일 파티예요! 설마 오늘이 내 생일이라는 거 잊어버린 건 아니죠?"

소피네 아빠가 얼른 대답했다.

"그럼, 당연히 안 잊어버렸지."

"지금껏 한 생일 파티 중에 이번이 제일 크게 하는 거예요!"

소피의 눈이 반짝반짝 빛났다.

"학교 친구들 스물네 명, 그리고 다른 친구들 다섯 명! 시디를 틀어 놓고 신 나게 춤을 출 거예요! 그리고 온 집 안을 누비고 다니며 술래잡기도 할 거예요!"

소피네 아빠는 깊은 한숨을 내쉬었다. 그러고는 손목시계를 보며 이렇게 말했다.

"벌써 시간이 이렇게 됐나? 아빠는 그만 가 봐야 겠구나."

"그만 가 봐야겠다니, 도대체 무슨 말이에요, 아 빠? 내 생일 파티인데, 어딜 가신다는 거예요?"

소피네 아빠는 딸을 바라보며 처량한 목소리로 말했다.

"아빠는 안 돼. 아빠는…… 아빠는 도서관에 가 야 해. 문 닫기 전에 말이야."

소피네 아빠는 거실을 휘 둘러보며 엄마들을 보 았다.

그러고는 들릴 듯 말 듯 우물우물 말했다.

"원고 마감 시간 때문에……. 늘 원고 마감 시간 에 쫓겨서……."

소피가 말했다.

"그럼 아빠는 디키 아저씨 못 보겠네요?"

"디키 아저씨?"

소피네 아빠는 무슨 말인지 모르겠다는 듯 어리
둥절한 표정을 지었다.

"그분 혹시 엄마 친척이시냐?"

"아니, 아빠! 디키 아저씨는 마술사예요!"

"아, 그 마술사 아저씨. 그래, 마술사 아저씨."

소피네 아빠는 현관문으로 눈길을 돌렸다.

"음, 되도록 일찍 오도록 할게. 잘하면 마술사를 볼 수도 있을 거야."

"디키 아저씨는 간식 시간이 끝나자마자 올 거예요."

소피네 아빠는 딸을 내려다보며 뺨을 보드랍게 어루만져 주었다.

"재미있게 놀아라, 사랑하는 내 딸."

소피네 아빠는 그렇게 다정하게 말한 뒤, 바글바글한 사람들 틈을 헤치고는 현관문 밖으로 나갔다.

패트릭은 소피네 아빠가 정원에 난 길을 허둥지둥 걸어, 대문을 허겁지겁 나가서(그 바람에 풍선이 정신없이 흔들렸다), 길을 따라 부리나케 걸어가는 모습을 가만히 지켜보았다.

그리고 마음속으로 노래를 불렀다. 왜냐하면 패트릭은 알아차렸기 때문이다. 패트릭은 도서관 애

기에 속아 넘어가지 않았다(소피네 아빠는 참 형편
없는 거짓말쟁이였다. 패트릭도 능숙한 거짓말쟁
이는 아니었지만, 소피네 아빠보다는 나았다)!

패트릭이 마음속으로 노래를 부른 이유는, 드디
어 자기 같은 사람이 또 있다는 사실을 알게 되었
기 때문이다. 자기처럼 파티를 싫어하는 사람이 있
다는 것을 말이다!

사람들은 파티를 좋아하지 않는 패트릭을 늘 이
상하게 여겼다. 엄마, 탐신, 소피…… 아무도 패트
릭을 이해하지 못했다. 심지어 단짝 루크도 패트릭
의 마음을 알아주지 않았다. 그래서 패트릭은 자기
가 다른 사람들과 다르다고 생각했고, 외톨이라고
느꼈다.

하지만 이제 패트릭은 자기가 외톨이가 아니라
는 것을 깨달았다. 소피네 아빠가 패트릭보다 나이
가 훨씬 많기는 했지만, 그건 중요하지 않았다. 소

피네 아빠와 얘기 한 번 나누어 본 적 없었지만, 그
것도 중요하지 않았다.

중요한 것은, 소피네 아빠가…… 자기랑 똑같이
파티를 싫어하는 사람이라는 사실이었다!

7

모두들 거실로 우르르 몰려갔다.

소피네 엄마가 소리쳤다.

"좋아, 애들아! 뮤지컬 범프스 놀이(음악에 맞춰
노래하고 춤추다가 음악이 멈추면 바닥에 앉는 놀

이. 가장 늦게 앉은 사람은 놀이에서 빠져야 한다 :
옮긴이) 할래? 아니, 그 놀이를 하기에는 너희들이
나이가 너무 많은가?”

아이들 가운데 절반이 소리쳤다.

“네!”

나머지 아이들이 소리쳤다.

“아니요!”

환호와 야유가 뒤섞인 가운데 소피네 엄마가 말
했다.

“그럼 그 놀이를 하자. 적어도 그 놀이를 모르는
사람은 없을 테니까.”

케빈이 말했다.

“전 몰라요!”

찰리가 말했다.

“저도요!”

소피네 엄마는 케빈과 찰리를 말끄러미 바라보

았다.

"음, 그냥 다른 애들 하는 것 보고 따라 하다 보면 어떻게 하는 건지 알게 될 거야."

이렇게 해서 게임 시간이 시작되었다.

뮤지컬 범프스는 패트릭한테는 문제가 되지 않았다. 해결 방법은 '앉지 마!'였다. 그러면 간단하

게 놀이에서 빠질 수 있었다. 그러고선 혼자 앉아서 흥미로운 것들, 예를 들어 구슬 굴리기 도시 같은 것을 생각하며 시간을 보내면 그만이었다.

그런데 신기하게도 패트릭은 그렇게 일부러 놀이에서 빠지면서도 마음이 아주 편했다. 꼭 신 나게 놀아야 한다는 부담을 느끼지 않았던 것이다. 그럴 필요가 없다는 것을 소피네 아빠가 이미 보여 주었기 때문이다.

그러나 탐신은 일 등을 하겠다고 기를 쓰며 게임을 했다. 나풀거리는 분홍색 드레스도 음악이 멈출 때마다 철퍼덕 주저앉는 데 하나도 방해가 되지 않았다. 결국 탐신은 결승전에 나갔다. 하지만 그 키 큰 여자 아이한테 지고 말았다.

뮤지컬 범프스 놀이를 끝낸 뒤, 초콜릿 먹기 놀이를 했다. 주사위를 던져서 6이 나오면 우스꽝스러운 옷을 입고, 칼과 포크를 들고서 막대 모양의

초콜릿을 먹는 놀이였다.
찰리가 속임수를 쓰는
게 패트릭의 눈에 띄었다.
신경이 쓰이기는
했지만 별로 놀
랄 만한 일은 아니었다.

소피네 엄마가 찰리가 속임
수 쓰는 걸 보고서도 아무 말
하지 않는 것도 패트릭 눈에 들어
왔다. 신경이 쓰이기도 했지만 그보다는 놀라웠다.

초콜릿 먹기 놀이를 하고 나서 '광란의 디스코
파티'를 했다.

거실은 점점 더 시끌벅적해졌다. 케빈이 찰리의
발을 밟았고, 느닷없이 둘은 주먹다짐을 했다. 소
피네 엄마가 둘을 억지로 떼어 놓았다.

패트릭은 소피네 엄마가 얼굴을 붉히며 두 아이

에게 악을 쓰는 모습을 가만히 지켜보았다. 그리고 지난여름에 이 집에 간식 먹으러 왔을 때를 떠올렸다. 그때 공룡에 대한 얘기를 나누었는데(그때 패트릭은 한창 공룡에 관심이 많았다) 소피네 엄마는 무척 재미있어 했다. 소피네 엄마는 패트릭이 만난 엄마들 가운데 트리케라톱스에 대해 가장 많이 아는 사람이었다.

'그래, 이것도 파티가 피곤한 이유 가운데 하나야. 파티를 하면 사람들이 완전히 딴사람이 된다니까.'

짝짝짝, 느닷없이 소피네 엄마가 손뼉을 쳤다.

"모두들 먹으러 가자! 간식 시간이야!"

아이들이 쿵쾅거리면서 부엌으로 우르르 몰려 갔다.

패트릭은 거실에 잠시 혼자 있는 것도 괜찮을 것 같았다. 그때 탐신이 패트릭의 손을 잡더니 나지막이 말했다.

"가자! 좋은 자리를 차지해야지!"

소피네 엄마는 먹을 것이 든 종이 상자를 아이들에게 나눠 주고는, 부엌 바닥에 적당한 자리를 찾아 앉으라고 했다. 탐신과 패트릭은 식탁 옆에 앉았다. 거기가 '좋은 자리'인지 어떤지는 잘 몰랐지만, 아무튼 패트릭은 즐거운 마음으로 종이 상자를 열었다.

땅콩버터 샌드위치, 마마이트(식빵에 발라 먹는 소스의 하나 : 옮긴이) 샌드위치, 감자튀김, 당근,

작은 포도송이, 초콜릿, 사과 주스 한 통. 맛있다……. 좋아……. 별로네……. 그런대로 괜찮아……. 좋아……. 맛있어……. 맛 좋다……!

간식을 다 먹고 난 뒤, 패트릭은 사과 주스 통에 붙어 있던 빨대로 장난을 치기 시작했다. 패트릭은 빨대를 좋아했다. 어렸을 때부터 그랬다.

빨대를 빠는 건 재미있었다. 부는 것도 재미있었다. 주스를 쭉 빨아올린 다음 손가락으로 빨대 위쪽을 막아 주스가 빨대 속에 멈춰 있게 하는 것도 재미있었다.

패트릭이 빨대를 머리 위로 높이 들어 주스가 입속으로 한 번에 휙 쏟아지게 해서 먹고 있는데, 탐신의 목소리가 들렸다.

"어, 어."

패트릭은 탐신이 바라보고 있는 쪽으로 고개를 돌렸다. 소피네 엄마가 오븐 뚜껑을 열어 놓은 채 그 앞에 서 있었다. 손에는 뜨거운 그릇을 들 때 쓰는 두툼한 부엌 장갑을 끼고 있었다. 그리고 그 옆에는 소피가 서 있었다. 두 사람은 당황한 표정으로 오븐 속을 들여다보았다.

"아직도 살색이네!"

소피가 말하자, 소피네 엄마가 소시지를 손으로 만져 보고는 말했다.

"게다가 돌처럼 차구나. 어떻게 된 거지?"

소피가 고래고래 악을 썼다.

"소시지는 꼭 있어야 돼요! 소시지를 꽂아 먹을 꼬챙이를 벌써 그릇에 잔뜩 담아 두었단 말이에요!"

소피네 엄마는 고개를 절레절레 저었다.

"안 되겠어. 하나도 안 익었는데 어떻게 먹겠어?"

소피가 소리쳤다.

"하지만 파티에 소시지가 없다는 게 말이 돼요?"

아이들도 소피가 소리치는 것을 들었다.

케빈이 박자를 맞추어 외쳤다.

"소시지! 소, 소, 소시지!"

찰리도 옆에서 거들며 소리쳤다.

"우리는 소시지를 원한다!"

"소, 소, 소시지!"

"우리는 소시지를 원한다!"

"소, 소……."

소피네 엄마는 부엌 장갑을 벗어 석쇠 위에 올려 놓고는 두 아이를 꾸짖었다.

"조용히 해, 너희 둘!"

찰리와 케빈은 서로를 바라보며 씩 웃었다.

잠시 뒤 케이크가 나왔다. 집 모양으로 만든 생강 빵 케이크였다. 탐신은 벽을 정중하게 거절하고

는 (단추 모양의 초콜릿을 여러 개 붙여서 만든) 지붕을 두 조각 먹었다.

패트릭은 케이크를 먹으며 혼자 생각했다.

'저런 건 탐신이 참 잘한단 말이야.'

케이크를 다 먹은 아이들이 먼저 거실로 돌아가면서 환호성을 질렀다.

소피가 자기 엄마를 쳐다보며 물었다.

"디키 아저씨예요?"

소피네 엄마가 손목시계를 보며 말했다.

"그런가 보다."

탐신이 분홍색 드레스를 살랑살랑 날리며 뛰어갔다. 다른 아이들도 탐신 뒤를 따라갔다. 이내 부엌에는 패트릭만 혼자 동그마니 남게 되었다.

패트릭은 다시 빨대를 만지작거렸다. 사과 주스는 다 마셨지만, 탐신이 반쯤 마시고 남긴 오렌지 맛 탄산음료가 컵에 들어 있었다(탐신은 어느새 자

기 몫의 사과 주스를 다 마시고 어디서 오렌지 맛 탄산음료까지 얻어 왔다). 패트릭은 탄산음료 속에서 보글보글 거품이 이는 것을 보았다.

'거품이 안 터지고 빨대 속으로 빨려 올라갈까? 빨대가 이렇게 얇은데도? 그렇겠지. 아니, 정말 그럴까?'

알아낼 방법은 딱 하나밖에 없었다. 패트릭은 컵

을 들어 빨대를 쿡 꽂고는 빨대 끝을 입속에 천천
히 넣었다.

"어머!"

갑자기 목소리가 들려 패트릭은 화들짝 놀랐다.
뒤를 돌아보니 부엌문에 소피네 엄마가 서 있었다.

소피네 엄마는 뻣뻣한 미소를 지었다. 그리고 뻣
뻣한 손가락으로 거실 쪽을 가리켰다. 그리고 뻣뻣
한 목소리로 말했다.

"마술할 시간이다!"

　패트릭은 살금살금 거실로 들어가 아이들 맨 뒤에 자리를 잡고 앉았다. 그러고는 우스꽝스러운 옷을 입은 아저씨가 아무것도 없는 허공에서 손수건들을 뽑아내는 모습을 케빈과 찰리의 머리 사이로 지켜보았다.

디키 아저씨는 얼굴에 환한 미소를 짓고 있었다. 자기 스스로 만족할 때 짓는 그런 미소였다. 흠, 솔직히 말하면 능글맞은 미소라고 하는 게 더 맞을 것 같았다. 디키 아저씨는 능글맞게 웃기 선수였다.

곧이어 디키 아저씨는 둥근 나무 테로 하는 마술을 보여 주었다. 그런 다음 관객들에게 말했다.

"자, 남자든 여자든 아무나 다음 마술을 도와주고 싶은 사람?"

디키 아저씨가 미처 말을 끝맺기도 전에 탐신이 발딱 일어났다.

디키 아저씨는 웃으면서 탐신을 내려다보았다.

"넌 이름이 뭐니?"

탐신이 히죽 웃으며 말했다.

"탐신요!"

디키 아저씨가 윙크를 하며
말했다.

"정말이야? 이야, 내가 꼬맹이 여자 아이였을 때, 이름이 탐신이었는데."

탐신은 키득키득 웃었고, 다른 아이들은 킥킥거리며 소리를 죽여 웃었다. 디키 아저씨는 한껏 능글맞은 미소를 지었다.

패트릭은 방 여기저기를 둘러보았다. 패트릭의 눈길이 반쯤 열려 있는 문에서 멈추었다. 문 너머로 복도가 보였다. 복도를 따라가면 정원으로 가는 문이 나온다. 그 문 뒤에는…… 정원이 있다.

패트릭은 지난여름 소피네 집에 놀러 왔던 때를 떠올렸다.

'화창한 날이었어. 소피랑 나는 차에서 내리자마자 곧장 정원으로 뛰어갔지. 맞아, 트램펄린(스프링이 달린 매트 위에서 뛰어오르거나 공중회전 따위를 할 수 있는 기구 : 옮긴이)이 있었고…… 정글짐이 있었고…… 모래밭이 있었어.'

어렸을 때 모래밭에서 놀아 본 사람이 있을 것이고, 또 놀아 보지 못한 사람도 있을 것이다. 패트릭은 모래밭에서 놀아 보지 못한 아이였다.

소피네 모래밭은 보통 모래밭이 아니었다. 우선 엄청 넓었다. 그래서 모래가 엄청 많았다.

하지만 뭐니 뭐니 해도 최고인 것은, 소피네 모래밭에는 굴착기가 있었다는 사실이다(모래밭에서 볼 수 있는 굴착기치고는 진짜 굴착기처럼 생겼

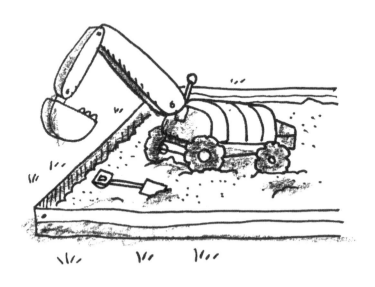

다). 그 굴착기는 튼튼하게 쇠로 만든 것이라 그 위에 앉아 조종간 두 개를 이리저리 움직여 모래를 훅 떠서 휙 옮길 수 있었다.

정말 멋진 굴착기였다. 사실 '멋지다'라는 말로는 부족했다. 진짜 최고였다. 패트릭은 그때를 생각하며 한숨을 크게 내쉬었다.

모든 사람의 눈이 디키 아저씨한테 쏠려 있었다. 아저씨가 탐신에게 마술 지팡이를 건네는가 싶더니 지팡이가 순식간에 와르르 산산조각이 났다. 아이들은 까르르 웃음을 터뜨렸다.

패트릭은 아이들 등 뒤로 슬금슬금 기어가기 시작했다.

패트릭 눈에 사진기를 들고 벽에 기대서서 웃고 있는 소피네 엄마가 보였다.

패트릭은 계속 기어갔다.

탐신이 다른 지팡이를 받아 드는 소리가 들렸다.

패트릭은 계속 기어갔다.

패트릭은 디키 아저씨가 커다란 황금 상자를 꺼내는 것을 곁눈질로 힐끔 보았다.

패트릭은 계속 기어갔다.

이제 패트릭은 거실 문에 거의 다다랐다.

"지팡이로 이것을 탁, 탁, 탁 세 번 두드려!"

디키 아저씨가 탐신에게 말하는 소리가 들렸다.

"하나!"

패트릭은 거실 밖으로 빠져나왔다.

"둘!"

패트릭은 복도를 따라가서 정원으로 나가는 문
의 손잡이를 돌렸다.

"셋!"

소리가 희미하게 들렸다.

패트릭은 쌀쌀한 가을 정원에 나와 있었다.

수리수리마수리!

· 9 ·

패트릭은 낙엽이 나뒹굴고 있는 정원을 휘 둘러
보았다. 지난여름과는 아주 다르게 보였다. 트램펄
린이 보이지 않았다. 하지만 정글짐은 그대로 있었
다. 모래밭도 그 자리에 그대로 있었다.

패트릭은 뛰어가서 모래밭을 덮고 있는 나무로
된 무거운 덮개의 손잡이를 잡았다. 그리고 덮개를
들어 올려 4분의 3 정도 옆으로 치웠다. 그리고 아
래를 내려다보았다.

'이런!'

실망감이 확 밀려왔다. 축축한 모래와 작은 삽,
빛바랜 플라스틱 장난감 몇 개가 보였지만, 그게
다였다. 굴착기는 온데간데없었다.

패트릭은 갑자기 그 굴착기가 너무나 보고 싶었
다. 패트릭의 머릿속에는 그 굴착기의 모습이 지금

도 생생하게 남아 있었다. 눈부시게 빛나던 노란색 굴착기.

'어디에 있을까?'

패트릭은 주위를 둘러보았다. 정원 한구석에 커다란 창고가 있었던 게 생각났다. 그 창고는 여름에는 수풀에 반쯤 가려져 있었다. 그런데 지금은 모습을 다 드러낸 채 그 자리에 있었다. 굴착기를 두기에 알맞은 장소 같았다.

패트릭은 정원을 가로질러 걸어갔다. 창고에는 초록빛이 도는 유리창이 두 개 있고, 문이 하나 있었다. 창문은 빠끔 열려 있고, 문은 닫혀 있었다.

패트릭은 창고까지 뚜벅뚜벅 걸어가서 문손잡이를 잡아당겼다. 문은 꽉 닫혀 있었다. 하지만 잠겨 있지는 않았다.

패트릭이 문손잡이를 붙잡고 있는데 문이 안쪽으로 스르륵 열렸다.

　패트릭은 한 발짝 안으로 들어갔다. 그때 무슨 소리가 났다. 뭔가 움직이는 듯한 소리였다.

　'창고 안에 무언가 있어. 아니면 누군가 있거나⋯⋯.'

　패트릭은 그 자리에 얼어붙었다. 머릿속에 온갖 생각이 다 떠올랐다.

　'뭐지? 쥐? 퓨마? 도끼 살인자?'

　패트릭의 가슴이 쿵쾅쿵쾅 방망이질했다. 정원

창고가 집에서 꽤나 멀찍이 떨어져 있는 느낌이 들었다.

곧이어 기침 소리가 들렸다. 그 순간 갑자기 패트릭의 눈이 어둠에 익숙해졌다. 그래서 무엇이 있는지 볼 수 있었다.

쥐가 아니었다. 퓨마도 아니었다. 도끼 살인자도 아니었다. 바로 소피네 아빠였다!

·10·

소피네 아빠는 두 손으로 책을 펼쳐 잡은 채 공
작대(물건을 만드는 데 쓰는 대 : 옮긴이) 앞에 놓여
있는 의자에 앉아 있었다.

그리고 패트릭을 빤히 쳐다보고 있었다. 화가 난

눈빛은 아니었다. 놀란 눈빛도 아니었다. 굳이 말하자면, 뭔가 잘못을 저지르다 들킨 눈빛이었다.

"나를 데리러 온 거니?"

"아니요."

"내가 여기 있는 걸 사람들이 아니?"

"아니에요."

"네 생각에는 내가 그만 집 안으로 들어가는 게 좋을 것 같니?"

"아니요. 들어가고 싶지 않으면 그럴 필요 없어요."

잠시 침묵이 흘렀다.

패트릭은 소피네 아빠 뒤쪽에 있는 공작대를 바라보았다. 한쪽 옆에 죄는 기구와 톱들이 걸려 있고 앞에는 바이스(기계공작을 할 때 공작물을 끼워 고정하는 기구 : 옮긴이)가 달려 있는, 제대로 된 나무 공작대였다. 반들반들한 게 새로 산 지 얼마 안

된 것 같았다. 패트릭은 바이스를 한번 써 보고 싶어서 손이 근질근질했다.

문득 패트릭이 정신을 차리고 보니, 소피네 아빠가 말을 하고 있었다.

"…… 만나서 반갑다. 그나저나 넌 여기서 뭘 하는 거니? 그러니까 넌 어…… 파티를 하고 있어야 하는 거 아니니?"

소피네 아빠의 질문이 한참 허공에 떠 있었다.

이윽고 패트릭이 대답했다.

"저도 파티를 별로 안 좋아해요."

두 사람의 눈길이 마주쳤다.

잠시 뒤 패트릭이 공작대를 향해 고갯짓을 하며 말했다.

"저는 이것저것 만드는 것을 좋아해요. 지금은 구슬 굴리기 탑을 만들고 있어요."

"정말이니?"

소피네 아빠가 패트릭을 말똥말똥 보며 물었다.

"그래서 창고에 들어온 거니?"

"아니에요. 저는 이 안에 공작대가 있다는 것도 몰랐어요. 전 굴착기를 찾으러 왔어요."

"굴착기?"

"네. 예전에 모래밭에 있던 굴착기 말이에요."

"아, 그 굴착기!"

소피네 아빠가 큰 소리로 말했다.

"세상에, 그 굴착기가 어떻게 된 줄 아니? 박살이 났어, 박살."

"박살이 났다고요?"

"완전히 부서져 버렸지."

소피네 아빠의 얼굴빛이 어두워졌다.

"바로 그저께 그랬어. 소피의 외갓집 친척이 그랬단다."

"아."

다시 잠시 침묵이 흘렀다.

"굴착기를 고칠 수는 없나요?"

소피네 아빠는 얼굴을 찌푸렸다.

"글쎄, 잘하면 고칠 수도 있을 거야."

소피네 아빠는 공작대를 힐끗 바라보았다.

"납땜을 하면 될 것 같기도 한데."

그러고는 다시 패트릭 쪽으로 고개를 돌렸다.

"저기, 나가서 대문 옆을 보면 쓰레기통들이 있

을 거야. 거기를 한번 뒤져 봐. 어쩌면 굴착기가 아

직도 그곳에 있을지 몰라.”

　소피네 아빠는 집 쪽을 힐끗 보면서 덧붙였다.

　“내가 직접 가면 좋겠지만…….”

　패트릭은 무슨 말인지 알아들었다. 패트릭은 뒤

로 돌아 창고 밖으로 걸어 나갔다.

　패트릭은 코를 킁킁거렸다. 모닥불을 피우는 것

같은 냄새가 났기 때문이다.

패트릭이 집 쪽으로 걸어가고 있는데, 부엌 창문 쪽에서 뭔가 패트릭의 눈길을 끌었다.

'창문 안에서 뭔가 움직였던 것 같은데? 내가 잘 못 본 건가? 뭐였을까?'

뭔가 타는 듯한 냄새가 갈수록 더 코를 찔렀다. 패트릭은 발걸음을 더 빨리했다. 그런데…… 으악! 부엌 창문 위로 시커먼 연기가 뿜어져 나오는 것이 아닌가!

패트릭은 뛰기 시작했다.

몇 초 뒤 패트릭은 소피네 부엌 안을 들여다보았다. 눈앞에 끔찍한 광경이 펼쳐졌다! 불길이었다. 커다란 불길이 냄비에서 시작되어 천장을 향해 높이 높이 치솟고 있었다.

휙! 갑자기 소용돌이치는 연기에 가려 불길이 거의 보이지 않았다.

숨을 할딱거리는 소리가 들렸다. 패트릭 자신의

숨소리였다.

집에 불이 났다. 그리고 친구들이 아직 집 안에 있다!

패트릭은 순간 어쩔 줄을 몰랐다.

잠시 뒤 패트릭은 달리고 있었다. 죽을힘을 다해 뛰었다.

디키 아저씨가 모자에서 뭔가를 꺼내고 있던 중이었다. 그때 패트릭이 들이닥쳤다.

마술사의 얼굴에서 능글맞은 미소가 순식간에 싹 사라지고, 대신 입이 쩍 벌어졌다. 패트릭이 있는 힘껏 이렇게 소리쳤기 때문이다.

"불이야!"

• 11 •

"불이야!" 하고 소리치면, 모든 일들이 순식간에 벌어진다. 패트릭이 "불이야!" 하고 소리치자, 모든 일들이 순식간에 벌어졌다.

단 몇 초 만에 소피네 엄마는 아이들을 모두 정원으로 내보냈다(복도에도 타는 냄새가 코를 찔렀지만 꽤 안전한 편이었다).

디키 아저씨는 휴대 전화로 119에 전화를 했다. 갑자기 마술사의 모습은 온데간데없고 그냥 동네 아저씨처럼 보였다.

아이들은 모두 부엌 창문 근처에 오글오글 모여 소방관들이 불 끄는 것을 구경했다.

탐신이 소리쳤다.

"우아, 이건 내가 본 파티 중에 최고야!"

불 끄는 데는 시간이 그리 오래 걸리지 않았다. 냄비 바로 옆에 있는 찬장이 심하게 불탔고, 다른 찬장들도 까맣게 그을렸다. 하지만 그것 말고는 다른 큰 피해는 없었다.

소방관들이 곧 어떻게 해서 불이 났는지 조사했다. 소피네 엄마의 잘못이었다. 소피네 엄마는 소시지를 구우려고 석쇠를 오븐 위에 올려놓았다. 그런데 오븐을 켜 놓은 상태에서 부엌 장갑을 벗어 석쇠 위에 내려놓았던 것이다. 부엌 장갑에 천천히 불이 붙었고, 불길은 이내 찬장까지 번졌다.

소피네 엄마는 뒤늦게 후회했다.

"어유, 내가 어쩌다 그런 바보 같은 짓을 했을까!"

"엄마는 내 생일 파티를 완전히 망쳤어요."

소피가 쏘아붙이자, 소피네 엄마는 소피의 손을 꼭 잡아 주었다. 그리고 패트릭에게 미소를 지었다.

"네가 불을 보고 소리쳐서 천만다행이야. 패트릭, 고맙다!"

30분 뒤 소피네 엄마는 패트릭을 데리러 온 패트

릭네 엄마에게 같은 말을 하고 있었다.

"패트릭은 정말 똑똑해요! 패트릭이 없었더라면
진짜 큰일 날 뻔했어요!"

탐신이 소리쳤다.

"우리는 통닭구이가 될 뻔했어요!"

소피가 외쳤다.

"우리는 멸치 볶음이 될 뻔했어요!"

탐신이 소리쳤다.

"우리는 생선 튀김이 될 뻔했어요!"

소피가 말했다.

"하지만 이젠 괜찮아요!"

"그런데…… 그런데 어쩌다……."

패트릭네 엄마가 어리둥절한 표정을 지으며 묻자, 소피네 엄마는 소시지와 석쇠 얘기를 해 주었다.

"제가 정말 바보 같았어요. 하지만 큰 피해를 입기 전에 패트릭이 '불이야!' 하고 소리쳤지요."

소피네 엄마는 "휴!" 하고 한숨을 내쉬었다.

"패트릭이 정원에 있어서 얼마나 다행이었는지 몰라요."

잠시 모두들 아무 말도 하지 않았다.

이윽고 패트릭네 엄마가 다시 입을 열었다.

"패트릭이 정원에 있었다고요?"

소피가 대답했다.

"네."

"다른 아이들은 모두 집 안에 있고?"

탐신이 대답했다.

"네."

"우리는 모두 디키 아저씨를 구경하고 있었어요."

소피가 말하자, 탐신이 대뜸 이렇게 고쳐 말했다.

"디키 아저씨하고 나."

엄마는 패트릭에게 고개를 돌렸다.

"패트릭?"

"네?"

"넌 정원에서 뭐 하고 있었니?"

침묵이 흘렀다. 모두들 패트릭을 바라보았다.

패트릭은 헛기침을 했다.

그때 누군가 말했다.

"정원에 있으면 안 되나요?"

★12★

모두들 뒤를 돌아보았다. 부엌문 옆에 소피네 아빠가 서 있었다. 패트릭은 소피네 아빠가 어딘가 조금 달라 보인다고 생각했다. 훨씬 자신감 있는 모습이었다.

"아빠!"

소피가 소리치며 아빠에게 뛰어갔다.

소피네 아빠는 한 팔로 소피를 감싸면서 패트릭네 엄마를 향해 말했다.

"패트릭은 정원에 있을 때 제일 마음이 편했답니다. 정말이에요."

패트릭네 엄마는 눈살을 찌푸렸다.

"하지만 생일 파티는 집 안에서 하고 있었잖아요."

탐신이 나서서 말했다.

"하지만 패트릭은 파티를 좋아하지 않아요."

소피가 풀이 죽은 목소리로 말했다.

"심지어 제 생일인데도 안 좋아했어요."

탐신이 말했다.

"파티를 싫어하다니, 난 정말 이해할 수가 없어."

소피가 말했다.

"하지만 그런 사람이 여기 있잖아."

탐신이 말했다.

"그러게. 정말 이해할 수 없다니까."

소피가 말했다.

"사람들마다 다 다른 거야."

갑자기 패트릭네 엄마가 한숨을 내쉬었다.

"그래, 패트릭은 파티를 좋아하지 않아."

소피네 아빠가 나서서 말했다.

"파티를 안 좋아하는 사람들도 있는 법이지요."

엄마가 패트릭을 바라보며 말했다.

"패트릭 생일도 다음 달이에요. 뭘 어떻게 해야

할지 모르겠어요."

패트릭은 소피네 아빠를 쳐다보았다.

소피네 아빠는 패트릭을 바라보았다.

소피네 아빠가 말했다.

"패트릭?"

"네?"

"네 생일날 뭘 하고 싶니?"

패트릭이 잠시 생각해 보고는 대답했다.

"뭐든 괜찮아요?"

"그럼."

"흠."

순간 패트릭의 머릿속에 소피네 아빠의 공작대가 떠올랐다.

"뭔가를 만들면 좋겠어요."

소피네 아빠가 빙그레 웃었다.

"음, 나무로 만드는 것 말이지?"

"네."

소피가 소리쳤다.

"나무로 뭘 만든다고? 왝! 톱밥 때문에 코가 막 힐걸!"

소피네 아빠는 소피 말을 들은 체 만 체했다.

"친구랑 함께 만들고 싶니?"

패트릭이 다시 생각해 보고는 대답했다.

"네, 루크랑요."

탐신이 나서서 말했다.

"루크는 얘 단짝 친구예요."

"좋아! 내가 창고에 재료들을 준비해 놓을게. 연장들도 뾰족하게 갈아 놓으마. 난 목공 일을 해 본 지 몇 년은 된 것 같구나!"

소피네 아빠가 초롱초롱한 눈으로 말했다. 그러고는 패트릭네 엄마에게 물었다.

"그렇게 해도 괜찮겠지요?"

"글쎄요, 제 생각에는……."

패트릭네 엄마는 얼굴을 찌푸렸다. 그러자 소피네 아빠가 빙긋이 웃으며 말했다.

"그런 다음 다 함께 저녁 외식을 하러 가는 겁니다. 제가 모시지요. 패트릭 덕분에 부엌이 다 불타지 않았으니, 그 정도는 제가 당연히 해야지요."

패트릭네 엄마가 말했다.

"글쎄요……."

소피네 아빠가 뭔가 생각하는 듯한 표정을 짓더니 다시 말했다.

"제가 특별히 좋아하는 식당이 있습니다. 패트릭 생일날 거기로 모실까 하는데요."

소피가 입을 쩍 벌리더니 패트릭네 엄마를 졸라댔다.

"'좋아요.'라고 말씀하세요, 제발요!"

소피네 엄마는 옆에서 싱그레 웃고 있었다. 모두

들 패트릭네 엄마를 바라보았다. 엄마가 뭐라고 말할까?

엄마가 패트릭을 보며 물었다.

"패트릭, 너 정말로 생일날 그렇게 하고 싶니?"

"네."

다시 침묵이 흘렀다.

갑자기 패트릭네 엄마가 싱긋 웃으며 말했다.

"고마워요, 소피 아빠! 멋진 생일이 될 거예요!"

·13·

패트릭은 아주 멋진 생일을 보냈다.

알고 보니 소피네 아빠는 목공 일을 아주 잘했다. 안전을 위해 지켜야 할 점에 대해 지나치게 까다롭기는 했지만.

패트릭은 처음에는 굴착기를 만들고 싶었다(부

서진 철제 굴착기는 온데간데없었다). 하지만 소피네 아빠가 굴착기는 만들기가 너무 어렵다며 말렸다. 그래서 패트릭은 소나무로 연장 상자를 만들었다. 루크는 화장실 휴지를 끼우는 받침대를 만들었다. 두 물건 다 정말 그럴듯했다.

소피는 자꾸자꾸 창고로 먹을 것을 가져왔다. 결국 소피네 아빠가 그렇게 하다가는 저녁 먹을 시간에 아무도 배가 고프지 않을 거라며 그만 가져오라고 했다.

우리의 목수들이 창고를 깨끗이 청소하고 옷을 갈아입은 뒤, 소피네 아빠가 특별히 좋아하는 그 식당으로 모두를 데려갔다. 모두 합쳐 일곱 사람이었다. 소피 아빠, 소피 엄마, 패트릭 엄마, 패트릭, 루크, 소피, 그리고 (어떻게 된 건지는 모르겠지만) 탐신.

다들 왜 소피네 아빠가 그곳을 특별히 좋아하는

지 알겠다며 식당 칭찬을 했다. 심지어 햄버거 가게만 좋아하는 루크도 좋아했다.

패트릭네 엄마는 그 식당을 무척 마음에 들어 했다. 엄마 말을 그대로 옮기면, 그 식당이 휴가만큼이나 좋다고 했다. 그리고 소피네 아빠와 함께 소피 아빠의 책에 대해 오랫동안 얘기를 나누었다.

패트릭과 함께 집으로 돌아온 뒤에도 엄마는 계속 싱글벙글했다.

엄마가 구두를 걷어차듯 벗으며 말했다.

"정말 멋진 저녁이었지?"

"네, 그래요."

"정말 재미있더라!"

패트릭은 자기가 만든 연장 상자를 가져와 탁자 위에 올려놓았다. 그러고는 한 발짝 물러서서 자신의 작품을 감상하며 다시 한 번 감탄했다.

그러고 나서 구슬 굴리기 도시를 보았다. 패트릭

은 구슬 굴리기 도시가 진짜 진짜 마음에 들었다.
멋져 보였다! 아주 멋져 보였다!

패트릭은 구슬을 하나 집어 들었다.

엄마가 의자에 털썩 앉으며 말했다.

"소피네 아빠는 정말 자상하시더라!"

"아주 자상하시죠."

"일곱 명이나 모였으니, 파티를 했다고 말해도
되겠지!"

"그럼요."

패트릭은 손바닥 위에 구슬을 굴려 보았다.

엄마가 하하 웃으며 말했다.

"우리 패트릭하고 파티라……. 아이고, 엄마도 모르겠다!"

"나도 모르겠어요."

"그게 무슨 말이야?"

패트릭은 구슬 굴리기 도시 맨 꼭대기에 있는 비탈진 홈에 구슬을 떨어뜨렸다. 달가닥달가닥 소리를 내며 구슬이 출발했다.

"음, 난 평생 파티를 좋아하지 않을 것 같아요. 하지만 이제는 그게 문제라고 생각하지 않아요."

구슬이 점점 속도를 내고 있었다.

엄마가 패트릭의 얼굴을 찬찬히 살피며 물었다.

"정말로?"

"네."

구슬은 가끔 구슬이 끼는 곳인 위험한 옆면을 무사히 지난 다음, 길게 쭉 뻗은 비탈진 길로 휙휙 내려갔다.

엄마가 물었다.

"갑자기 왜 그렇게 생각이 바뀌었니? 무슨 일 있었니?"

"무슨 일이 있었냐고요?"

패트릭은 고개를 돌려 엄마를 보고는 말했다.

"나 같은 사람을 한 명 만났거든요. 그게 이유예요."

이제 구슬은 위험한 모퉁이를 지나 맨 끝을 향해 굴러가고 있었다.

"너 같은 사람을 만났다고? 너 같다니, 어떤 사람?"

패트릭은 그날을 떠올렸다. 소피의 생일 파티가 있던 날. 그날 패트릭은 자신이 외톨이가 아니라는 사실을 깨달았다.

패트릭은 히죽 웃으며 말했다.

"파티를 싫어하는 사람 말이에요."

구슬은 맨 끝을 지나 밖으로 슝 튀어나와 거실을
마음대로 굴러갔다.

옮긴이의 말

이 이야기의 주인공 패트릭은 파티를 좋아하지 않아요. 아니, 파티를 끔찍이 싫어하지요. 그런 패트릭을 친구들은 이상하게 생각해요. 그리고 엄마는 친구들과 어울리는 게 좋다며 패트릭을 억지로 파티에 보내려고 하지요.

혹시 여러분도 이런 비슷한 경험을 해 보았나요? 꼭 파티가 아니더라도, 다른 아이들은 모두 좋아하는 것을 여러분만 싫어하는 경우 말이에요. 그래서 혼자 마음고생을 하거나 외톨이가 된 기분을 느껴 본 적이 있나요? 이럴 때는 어떻게 해야 할까요?

사람들은 저마다 다 달라요. 그러니 좋아하는 것도, 싫어하는 것도 사람마다 다를 수 있지요. 중요한 것은 사람들 사이의 차이가 아니에요. 서로 다른 사람들이 어떻게 서로를 인정하고 함께 어울려 사느냐 하는 것이 중요하지요.

파티를 싫어해서 외로운 기분을 느끼던 패트릭은 이 문

제를 어떻게 해결했을까요? 패트릭의 이야기를 읽으면서 여러분도 사람들 사이의 차이에 대해 생각해 보기 바랍니다. 그리고 그런 차이를 어떻게 바라볼지 고민해 보세요.

그리고 혹시 자신이 외톨이라고 생각하는 친구가 있다면 힘내세요. 주위를 둘러보면 비슷한 사람이 많다는 것을 쉽게 알 수 있을 테니까요.

김영선